Direction : Guillaume Pô
Direction éditoriale : Sarah Malherbe
Conception de la collection : Émilie Beaumont et Jack Delaroche
Édition : Frédérique Chavance
Conception graphique : Éric Laurin
Suivi graphique : Ambrine Angaud
Mise en pages : Vanessa Paris
Direction de fabrication : Thierry Dubus
Fabrication : Maëlle Le Guen Lamandé

Dépôt légal : mai 2025
ISBN : 978-2-2151-9506-1
Code MDS : 660169N1
N° d'édition : 25L0546
Achevé d'imprimer en mars 2025
par Rotolito (Roumanie)

Fleurus Éditions s'engage pour la planète :
Ce livre est imprimé avec des encres à base végétale
et est composé de matériaux issus de forêts bien gérées,
certifiées PEFC et d'autres sources contrôlées.

Loi n°49-956 du 16 juillet 1949 sur les publications destinées
à la jeunesse, modifiée par la loi n°2011-525 du 17 mai 2011.

PEFC
PEFC/46-31-13
Certifié PEFC
Ce produit est issu de forêts gérées durablement et de sources contrôlées
www.pefc.ro

L'imagerie
LES TRANSPORTS

TEXTES
Marie-Renée Guilloret

ILLUSTRATIONS
Solenne & Thomas

FLEURUS

FLEURUS ÉDITIONS, 57, RUE GASTON-TESSIER 75019 PARIS
WWW.FLEURUSEDITIONS.COM

Sommaire

7
LES TRANSPORTS TERRESTRES

35
LES TRANSPORTS MARITIMES

59
LES TRANSPORTS AÉRIENS

73
JEUX

LES TRANSPORTS TERRESTRES

Les premières voitures à essence

L'invention du moteur à essence a permis de transformer les moyens de transport de l'époque. Ils deviennent plus rapides et plus confortables !

Les premières voitures étaient des sortes de chariots à quatre roues auxquels on avait ajouté un moteur.

L'Allemand Benz avait placé son moteur sous le siège d'un tricycle. Il atteignait la vitesse de 15 km/h.

Grâce à sa boîte de vitesses, la voiturette de Louis Renault battait tous les records dans les côtes !

Dans cette voiture légère de la gamme Renault, les passagers étaient à l'abri de la pluie !

Les premières voitures populaires

Pour vendre à tous des voitures moins chères, les constructeurs les ont fabriquées à des milliers d'exemplaires dans de grandes usines.

Cette *Ford T* américaine a été la première voiture fabriquée à la chaîne.

La Citroën *Traction Avant* était réputée pour sa carrosserie résistante.

Cette voiture allemande très populaire était appelée *Coccinelle* en France.

La *Deux-Chevaux*, décapotable, était vendue à un prix très abordable.

La *Quatre-Chevaux* était très demandée : il fallait attendre 1 an pour l'obtenir !

Plus haut de gamme, la *DS 19* de Citroën était une voiture très confortable.

Les premières compétitions automobiles

Dès l'origine de l'automobile, les compétitions ont permis aux constructeurs de tester de nouvelles inventions techniques.

Les premières voitures de course n'avaient ni toit ni pare-brise. Pour parcourir les 103 km du Grand Prix de France de 1906, les coureurs devaient se protéger du froid et de la poussière. Ils revêtaient un grand ciré de caoutchouc, une casquette de cuir avec des protège-oreilles et de grandes lunettes.

Ray Harroun en pleine course !

En 1911, 40 pilotes ont pris le départ de la première course des « Cinq Cents Miles », sur le circuit tout neuf d'Indianapolis, aux États-Unis. Le gagnant, Ray Harroun, a conçu et piloté un véhicule surnommé « la Guêpe jaune », pouvant rouler à 120 km/h en moyenne.

Des voitures pour tous les goûts

Même les petites voitures ont des habitacles de plus en plus spacieux. Dans les monospaces, le coffre n'est plus séparé de l'espace intérieur.

Les inventeurs de la *Mini* ont conçu une toute petite voiture, capable de transporter quatre personnes.

La première *Golf*, à l'allure sportive, était équipée d'un moteur qui consommait peu d'essence.

Dans le premier *Espace*, un monospace très confortable, sept personnes pouvaient prendre place.

La *Twingo* est un petit monospace conçu pour se déplacer et se garer facilement en ville.

Autobus et autocars

Dans la ville, les autobus desservent une ligne comportant toujours les mêmes arrêts. Les autocars relient différentes villes sur de plus longs trajets.

1932, *Renault TN6 A2*

Voici un des premiers autobus parisiens. Il a remplacé les omnibus, tirés par des chevaux.

1963, *Chausson-Saviem ASH-522*

Cet autocar a été utilisé pour le transport scolaire, et aussi pour les grands voyages. Les bagages étaient installés sur le toit.

De nos jours, les moteurs électriques commencent à remplacer les moteurs Diesel. Ce bus à impériale électrique permet de profiter de circuits touristiques !

Les premiers camions

Que de progrès depuis le premier camion à vapeur jusqu'à ceux qui sortiront d'immenses usines pour être vendus dans le monde entier !

1898, *Daimler Motor-Lastwagen*

Voici un des premiers camions à vapeur. Il ressemblait à une locomotive.

1932, *Mercedes-Benz Lo 2000*

Ce camion bénéficiait d'un moteur Diesel plus puissant et d'une cabine fermée.

1965, *Ford Transit*

Le moteur du camion *Ford Transit* était placé à l'avant. Des entreprises du monde entier possédaient ce véhicule américain.

Des camions pour chaque usage

Selon les charges qu'ils transportent, les camions ont des tailles et des équipements différents. Un même camion peut avoir plusieurs usages.

Le chauffeur prend place dans la cabine de la partie qui va tracter la semi-remorque : le tracteur. L'avant de la semi-remorque est posé sur le tracteur.

Les camions-citernes transportent toutes sortes de produits liquides : du lait, du vin, de l'essence, des produits chimiques...

Les véhicules des pompiers

Il existe différentes sortes de camions de pompiers, adaptés au type d'intervention qu'ils doivent pratiquer : secourir, éteindre un incendie…

Ce fourgon-pompe du début du XXe siècle transportait les hommes, leur échelle et leurs lances à incendie.

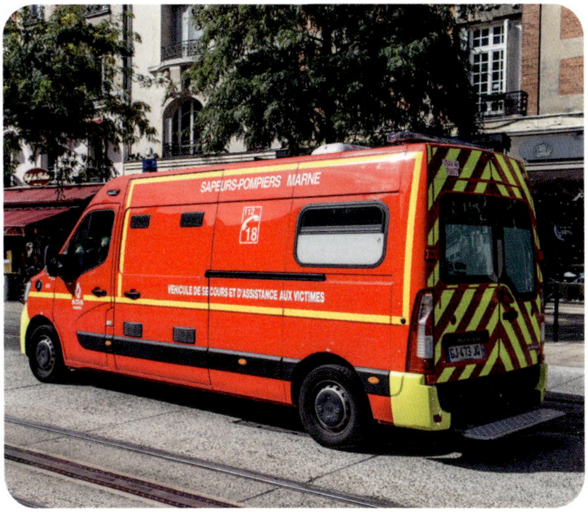

Le véhicule de secours est équipé du matériel médical permettant d'apporter les premiers soins.

Les pompiers raccordent la lance au poteau d'incendie le plus proche pour y pomper de l'eau.

Lors d'un incendie, la grande échelle permet aux pompiers d'évacuer des personnes prises au piège dans les étages. Elle peut être dépliée jusqu'au dixième étage d'un immeuble.

Les premiers rails

Les premiers rails étaient de simples bouts de bois placés au fond des ornières pour guider les chariots de charbon dans les mines.

Du temps des Romains déjà, le passage des chars creusait sur la route des ornières qui guidaient les autres chars.

Au Moyen Âge, dans les mines, les wagonnets de charbon avançaient sur des poutres de bois parallèles.

Pour qu'ils soient plus stables, on a ajouté entre les rails des barreaux de bois appelés « traverses ». Vers 1750, les rails en bois ont été remplacés par des rails en fonte, puis en fer. Les wagons glissaient mieux.

Le règne de la vapeur

Les trains à vapeur parcouraient de longs trajets. L'eau et les tonnes de charbon nécessaires étaient stockées dans un wagon spécial, le tender.

Équipé d'une grande cheminée, d'une lanterne et d'un chasse-bœufs, ce train traversait le Far West américain. Il était parfois attaqué par les Indiens, qui le surnommaient le « cheval de fer ».

La locomotive « Big Boy » ou « Grand Garçon » était si puissante qu'elle grimpait les voies ferrées le long des montagnes de l'Ouest américain.

Le mécanicien s'occupait des commandes du train. Le chauffeur alimentait la chaudière avec du charbon. L'eau ainsi portée à ébullition s'évaporait sous forme de vapeur.

Voyager à bord des premiers trains

Malgré les secousses, la poussière de charbon, les sièges en bois étroits et durs, les nouveaux trains ont eu beaucoup de succès !

Les voyageurs de première classe voyageaient dans des voitures fermées. Les plus modestes bénéficiaient d'une place assise mais pas d'un toit !

Quelques années plus tard, certains trains seront aménagés luxueusement : on y ajoutera un wagon-restaurant pour y déjeuner dans un décor de rêve !

Les locomotives Diesel ou électriques

Le moteur Diesel met en route l'appareil qui produit l'électricité. Les locomotives électriques captent le courant dans les lignes.

La locomotive Diesel *BB 67400* a tracté des trains de passagers et des trains de marchandises.

Les premiers trains Diesel Trans-Europ-Express reliaient rapidement les grandes villes d'Europe.

Le *Shinkansen* est une rame électrique circulant à très grande vitesse. Depuis 1964, il relie les grandes villes japonaises.

Le train à grande vitesse français

Le TGV roule sur des voies presque rectilignes. Les courbes des virages sont très allongées pour que le train ne ralentisse pas.

Sa forme et ses puissants moteurs permettent au TGV de rouler en moyenne à 320 km/h.

Les passagers peuvent se restaurer dans la voiture-bar pendant le voyage.

Le bras articulé est appelé « pantographe ». Quand il est déplié, il frotte un câble aérien afin de capter l'électricité qui y circule.

L'Orient-Express

De 1833 à 1977, ce train de grand luxe relia Paris à Istanbul.
Il devrait reprendre du service dans les années à venir !

Les luxueux wagons-lits étaient éclairés avec des lampes à gaz.
Les cabines bien chauffées étaient équipées d'un cabinet de toilette.

Le service était très raffiné : vaisselle, plats… tout devait être parfait !

Les passagers pouvaient se retrouver dans les salons avant de regagner leurs cabines.

Des trains particuliers

Ces trains relient des populations séparées par de hautes montagnes ou d'immenses forêts. Les trajets sont longs et les arrêts nombreux.

Les roues dentées du train à crémaillère s'emboîtent dans un rail lui aussi denté. Il grimpe très haut.

Au Pérou, le train de la Sierra, traverse les Andes et atteint les rails les plus élevés du monde : 4 829 m !

Sur près de 10 000 km, le célèbre Transsibérien relie en une semaine la ville de Moscou, à l'ouest, à Vladivostok, à l'est. Il traverse des contrées quasi inhabitées, comme les forêts de Sibérie.

L'Eurostar : un train sous la mer

Il circule entre le Royaume-Uni, la France et la Belgique. Dans le tunnel, il atteint la vitesse de 160 km/h. Il transporte près de 900 passagers.

Trois tunnels ont été creusés sous la Manche depuis Folkestone, en Angleterre, jusqu'à Calais, en France.

Les trains circulent dans deux tunnels. Celui du milieu est réservé au service d'entretien. En cas d'urgence, les passagers gagneraient à pied le tunnel central et un train de secours les prendrait à bord.

Le métropolitain

Pour améliorer la circulation dans les grandes villes, on a eu l'idée de faire circuler des trains sous terre, dans des tunnels : les métros.

En 1900, les Parisiens pénétraient dans leur première station de métro. Une locomotive électrique tractait trois voitures en bois. Elles ont très vite été remplacées par des voitures métalliques qui ne pouvaient prendre feu. Des tunnels ont été creusés dans tout Paris pour ouvrir de nouvelles lignes.

C'est en France, à Lille, qu'a circulé le premier métro sans chauffeur. Appelé « le VAL », il est commandé à distance par des opérateurs. Les portes s'ouvrent et se ferment automatiquement.

Le tramway

Les tramways circulent en ville, sur des rails posés sur la chaussée. Autrefois tirés par des chevaux, ils sont de nos jours électrifiés.

Tractés par des chevaux sur des rails spéciaux, les premiers tramways étaient plus rapides que les omnibus.

Le tramway à vapeur ne devait pas faire trop de bruit ni de fumée pour ne pas effrayer piétons et chevaux.

Puis le tramway électrique a fait son apparition. Il capte le courant dans les câbles installés au-dessus des voies.

De nos jours, les tramways sont plus silencieux et plus confortables que par le passé.

Le monorail et les trains du futur

Le monorail se déplace à cheval sur un seul rail... ou sous un rail central ! Au Japon, on prépare un train qui survolera la voie de guidage !

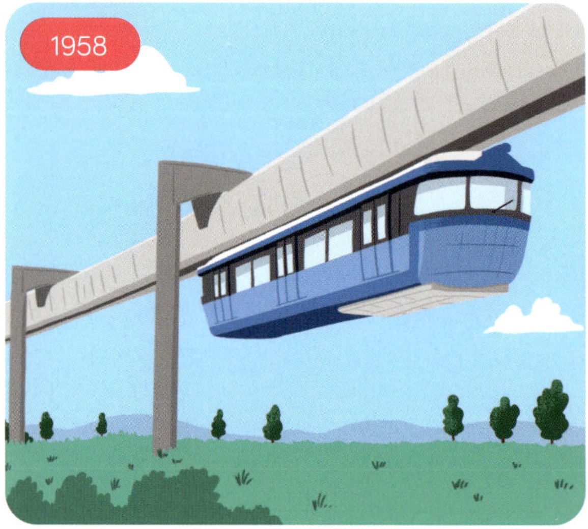

Les monorails parcourent souvent de courtes distances, par exemple entre un centre-ville et l'aéroport. On en trouve aussi dans les parcs d'attractions !

Quand le *Maglev* atteindra 150 km/h, il sera soulevé par la force magnétique dégagée par des aimants placés sous le train. Il dépassera alors les 600 km/h.

L'histoire de la bicyclette

La première bicyclette, inventée par le baron Drais, n'avait ni chaîne ni pédales pour actionner les roues en bois.

En appui sur le cadre en bois et le guidon de la draisienne, le cycliste repoussait le sol avec les pieds.

Les pédales du vélocipède étaient fixées sur la roue avant.

La selle du « grand bi » était placée au-dessus de la roue avant.

John Dunlop remplaça la bande de caoutchouc qui entourait les roues par un tube gonflé d'air.

Les vélos ont été équipés d'un dérailleur. Le cycliste l'actionne lorsqu'il grimpe une côte.

Les bicyclettes d'aujourd'hui

On trouve des bicyclettes, ou vélos, pour tous les âges et toutes les utilisations ! On roule parfois sur les pistes cyclables.

Quelle fierté de faire du vélo sans petites roues ! Mieux vaut porter un casque, en cas de chute...

Un VTT est un vélo tout-terrain. Ses larges pneus à crampons accrochent sur la terre et le sable.

Sur un tandem, tout le monde pédale ! Certains sont adaptés aux enfants.

Une batterie alimente le moteur du vélo électrique, ce qui rend le pédalage plus facile.

Les premières courses de vélos

Elles étaient organisées par les fabricants de vélos ou par des journaux sportifs et rassemblaient des amateurs et des professionnels.

1888

Le grand bi en bois a laissé place au grand bi en acier, plus léger. Les cyclistes portent une casquette, comme les jockeys. Ils doivent s'entraîner : même monter et descendre du grand bi, c'était difficile !

1868

Des femmes portant jupes et chapeaux prennent part à une course de vélocipèdes !

1891

C'est en bicyclette que les coureurs s'élancent pour la course Paris-Brest-Paris : 1 200 km en 7 jours !

Le premier Tour de France

Le directeur d'un magazine sportif organisa la première épreuve du Tour il y a plus de 120 ans. Il espérait ainsi attirer de nouveaux lecteurs.

Tour de France 1903

En 1903, 60 cyclistes prennent le départ du premier Tour de France. Ils doivent parcourir 2 428 km en 19 jours. Il y a six longues étapes, à parcourir de jour comme de nuit. Vingt coureurs franchissent la ligne d'arrivée !

Vélo de Maurice Garin, vainqueur du Tour de France 1903

À partir de 1905, on ajoute des étapes de montagne. Épreuves très difficiles car les vélos n'avaient pas de vitesses. Pour freiner, il fallait rétropédaler !

L'histoire de la moto

Les premières motos n'étaient ni rapides ni confortables. Très vite, elles ont été équipées de moteurs puissants et ont atteint la vitesse des voitures.

L'Allemand Daimler a l'idée de fixer un moteur à pétrole sur un vélocipède.

Cette *Douglas* a été utilisée par l'armée britannique durant la Première Guerre mondiale.

Cette luxueuse moto était destinée à équiper l'armée américaine durant la Seconde Guerre mondiale.

Les pièces en plastique gris donnent à cette moto une ligne moderne.

Les motos d'aujourd'hui ont des formes aérodynamiques. Plus puissantes et plus silencieuses, elles consomment moins de carburant.

Les motos des policiers

Sur leurs motos rapides leur permettant d'intervenir très vite, les policiers assurent la sécurité sur les routes et en ville.

Ces policiers en uniforme peuvent effectuer des contrôles de vitesse ou coordonner les secours en cas d'accident. Ils sont équipés d'une radio qui leur permettent de signaler leur position ou d'appeler du renfort.

La patrouille de motards de la police nationale encadre la voiture d'une personnalité. Pour assurer sa sécurité, et pour qu'elle arrive rapidement à destination, les policiers font parfois signe aux passants de ne pas traverser et aux autres automobilistes de s'écarter.

Les compétitions de motos

Les constructeurs préparent des motos adaptées aux différentes épreuves et tentent sans cesse d'améliorer leurs performances.

Le pilote de motocross roule à toute vitesse sur un circuit en terre rempli d'obstacles à sauter et de virages serrés. Sa moto est légère, équipée de pneus à gros crampons et de hautes suspensions.

Le pilote du dragster doit parcourir une courte distance le plus rapidement possible. Son bolide peut accélérer très vite. En quelques secondes, il dépasse les 300 km/h.

Sur les circuits des Grands Prix, les pilotes cherchent à réaliser le meilleur temps, assistés par une équipe de techniciens. Les pneus sont souvent changés pour adapter la moto à l'état de la piste.

La compétition de trial est très technique. Le pilote doit franchir des obstacles : talus, rochers... Un observateur note combien de fois il met le pied à terre.

D'autres véhicules à moteur

Le deux-roues se faufile aisément dans la circulation. Les habitants des pays froids se déplacent facilement sur un scooter des neiges.

Le scooter est un véhicule maniable, pratique pour circuler en ville. Il a deux petites roues et un grand marchepied. Certains, comme celui-ci, sont électriques. Il est possible de conduire un scooter de faible puissance dès l'âge de 14 ans.

Le *Vélosolex* ressemblait à un vélo avec un moteur ! Il a remporté un vif succès dès 1946.

Le scooter des neiges est équipé de skis à l'avant. Un moteur fait tourner les chenilles à l'arrière.

LES TRANSPORTS MARITIMES

Les bateaux de Phénicie et d'Égypte

Les Phéniciens étaient des marins renommés. Ils vendaient aux Égyptiens le bois de cèdre qui servait à la construction des bateaux.

Les navires phéniciens transportaient des denrées précieuses comme l'argent ou le cuivre. Équipés de rames et d'une voile fixe, ils ne pouvaient quitter le port que si le vent soufflait dans le bon sens !

En Égypte, la plupart des marchandises étaient transportées sur des navires légers en bois, à une voile, propulsés à la rame. Les charges plus lourdes étaient tirées par plusieurs barques sur des bateaux sans voile.

Les galères de l'Antiquité

Les peuples de la Méditerranée se livraient des combats féroces sur la mer. Ils ont imaginé des bateaux de guerre redoutables : les galères.

Le drakkar viking et la jonque chinoise

En Europe du Nord, les guerriers vikings naviguaient sur le drakkar. Les marins chinois transportaient les marchandises sur les jonques.

Le drakkar était un long vaisseau utilisé pour la guerre et aussi pour le commerce. Il avançait grâce à sa grande voile... ou aux rameurs !

Sur leurs solides jonques aux voiles de coton tendues sur des lattes de bambou, les Chinois naviguaient sur les rivières et même en haute mer.

Les caravelles

Au XVe siècle, de grands explorateurs comme Christophe Colomb partaient à la découverte de nouveaux mondes sur des voiliers.

Inventées par les Portugais, les caravelles étaient conçues pour voyager loin des côtes.

Tous les vivres nécessaires aux marins pendant les longues traversées étaient stockés dans les cales.

Les vaisseaux de guerre du XVIIe et du XVIIIe siècle

Ces grands voiliers de bois s'affrontaient en pleine mer. Leurs coques étaient hérissées de dizaines de canons répartis sur plusieurs ponts.

Pour construire un navire de cette taille, on abattait environ trois mille chênes !

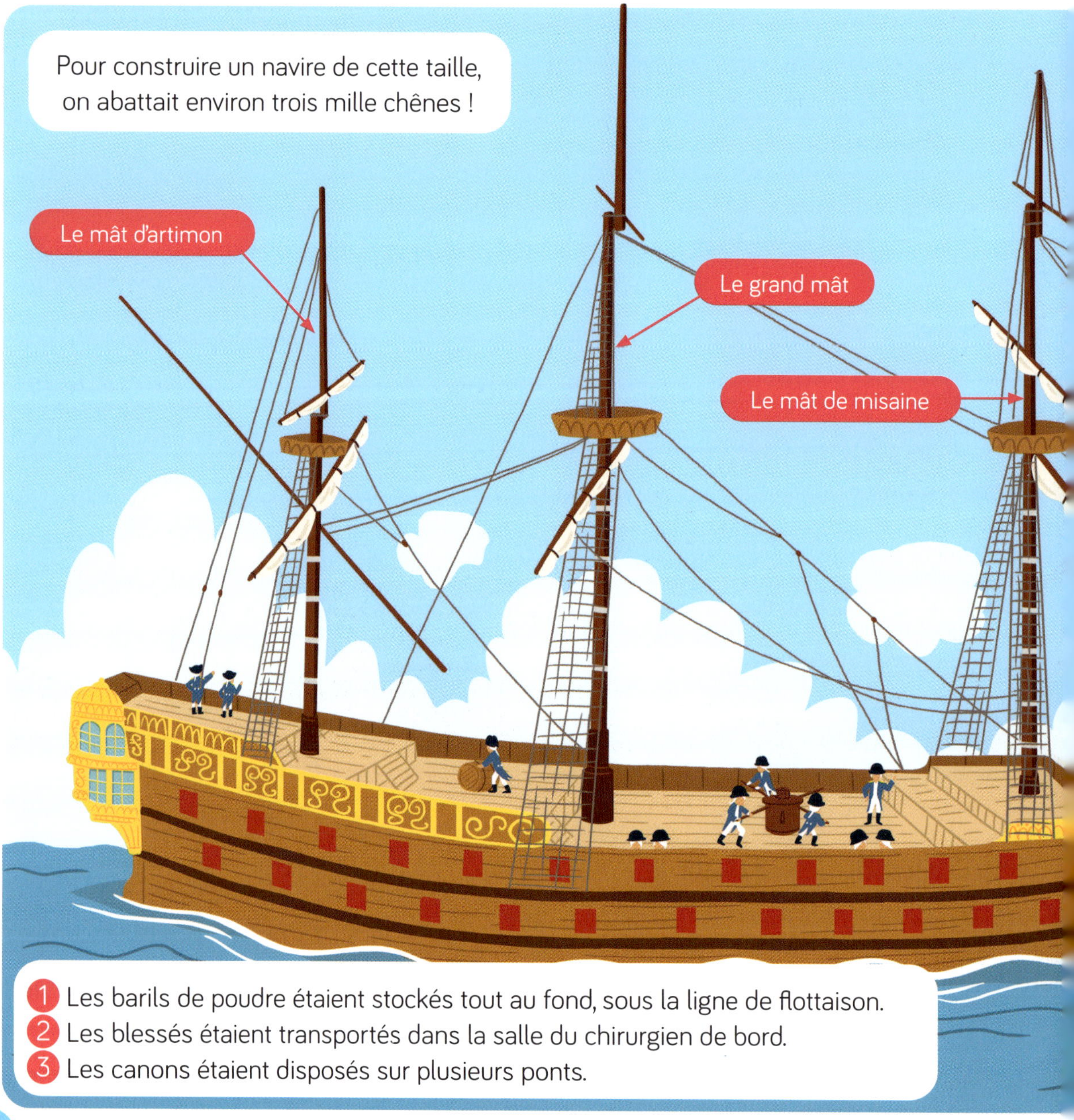

1. Les barils de poudre étaient stockés tout au fond, sous la ligne de flottaison.
2. Les blessés étaient transportés dans la salle du chirurgien de bord.
3. Les canons étaient disposés sur plusieurs ponts.

Sur les grands vaisseaux de guerre, l'équipage était composé d'officiers, qui commandaient le bateau, de matelots, qui manœuvraient les voiles, et de soldats, qui chargeaient les canons.

Les canons projetaient des boulets sur les mâts du navire ennemi pour les faire tomber. Même si la coque résistait, le bateau ne pouvait plus fuir.

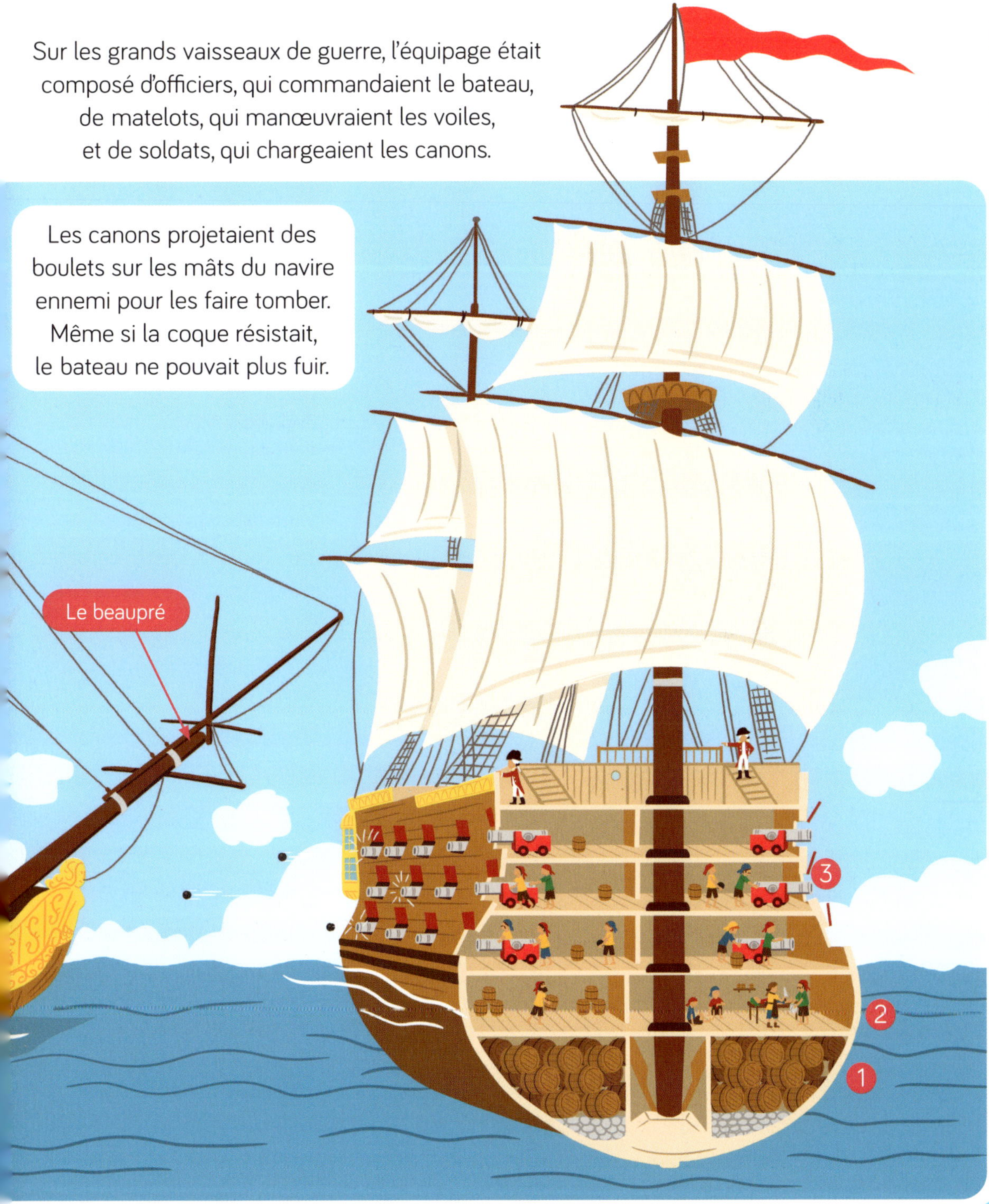

Les clippers

Très rapides, ces immenses voiliers voyageaient entre l'Australie, l'Europe, l'Amérique et l'Asie. Ils transportaient du thé, de la laine ou du blé.

Ce clipper était engagé dans la « Course du thé ». Ses cales étaient remplies de thé de Chine fraîchement récolté. Le capitaine tentait d'arriver en Angleterre avant les autres clippers. S'il arrivait le premier, il vendait sa cargaison très cher.

Lorsque, à cause du vent, les voiles risquaient de se déchirer, une centaine de marins s'activaient pour les serrer en plis. La manœuvre était dangereuse : les marins devaient caler leurs pieds pour ne pas tomber.

Les bateaux à vapeur

Avec le moteur à vapeur, les bateaux, propulsés par des roues à aubes puis par des hélices, sont devenus plus rapides et plus puissants.

Les bateaux à aubes naviguaient sur de nombreux fleuves américains. Ils pouvaient transporter des passagers, mais aussi des marchandises, comme les ballots de coton, qu'on cultivait dans les plantations.

C'est en 1830 que l'hélice fut inventée. Ce paquebot était équipé d'un puissant moteur à vapeur qui entraînait les pales de l'hélice. Celles-ci tournaient si vite qu'elles rejetaient l'eau vers l'arrière et propulsaient le bateau vers l'avant.

Une croisière en paquebot

Le paquebot est un énorme navire, une véritable ville flottante avec des magasins, des salles de spectacle, des restaurants, une piscine...

Tout est organisé pour distraire les passagers : la piscine est un endroit très fréquenté.

À chaque niveau du bateau, les passagers ont accès à des ponts-promenades où ils profitent de la vue sur l'océan.

1 Un bar 2 Une salle de cinéma 3 Un restaurant 4 Un salon
5 Une piscine 6 Une salle de spectacle 7 Une salle de sport 8 Le poste de commandement

Des centaines de membres d'équipage s'occupent des machines ou de la navigation. D'autres veillent à la sécurité et au confort des passagers.

Les passagers se reposent dans des cabines confortables, avec vue sur la mer.

Depuis la passerelle de commandement, le capitaine dirige toutes les manœuvres.

Les plus gros bateaux du monde

En un seul voyage, et à moindre coût, les transporteurs acheminent d'énormes quantités de marchandises d'un bout à l'autre du monde.

Le pétrolier voyage entre les ports des pays qui produisent du pétrole et les ports situés près des raffineries, où le pétrole est transformé en essence ou en fuel. Ce moyen de transport est risqué : si le bateau fait naufrage, le pétrole sort des cuves et provoque une marée noire.

Le porte-conteneurs est un immense entrepôt flottant. Dès qu'il arrive au port, sa cargaison est déchargée. Des grues soulèvent et empilent de nouveaux conteneurs sur le pont, puis le navire reprend aussitôt la mer.

Le car-ferry

Sur ce navire, les passagers peuvent embarquer leurs voitures ou leurs motos. De nombreux camions font également la traversée.

Certains car-ferries peuvent embarquer près de 2 000 passagers et environ 600 voitures. Ils effectuent des traversées pour relier des pays ou des îles.

Après avoir garé sa voiture dans la soute, le passager gagne le pont du car-ferry. Il peut se reposer dans un salon ou déjeuner au restaurant. S'il passe la nuit sur le bateau, il peut aussi dormir dans une cabine.

Le brise-glace

Il navigue à travers l'épaisse couche de glace qui recouvre la mer et les fleuves près des pôles. Ainsi, il ouvre la voie aux autres bateaux.

La Jeannette

En hiver, dans les régions polaires, un navire peut se retrouver piégé par d'énormes blocs de glace qui vont le briser peu à peu. C'est la mésaventure qui est arrivée en 1881 à *La Jeannette*, un bateau à vapeur qui a été écrasé par la glace alors que l'équipage voulait découvrir le pôle Nord.

La coque du brise-glace est renforcée pour résister aux chocs contre les blocs de glace. Les puissants moteurs permettent à l'avant du bateau de se soulever pour se poser sur la banquise. Grâce à son poids, le bateau écrase la glace, puis la brise. Elle se reforme parfois juste après son passage.

Les bateaux de course

Les skippers manœuvrent des voiliers très performants. Ils naviguent parfois en solitaire, parfois en équipage, selon le type de course.

Ce monocoque, voilier à une coque, participe à de longues courses à travers les océans du globe.

Le catamaran comporte deux coques. Celui-ci participe à une compétition comprenant cinq courses sur deux jours !

Le trimaran comporte trois coques. La coque centrale est la plus grande. Les deux autres sont les flotteurs.

La navigation de plaisance

L'art du navigateur est de bien orienter son bateau par rapport au vent.
Les équipiers participent aux manœuvres pour hisser les voiles ou pour accoster.

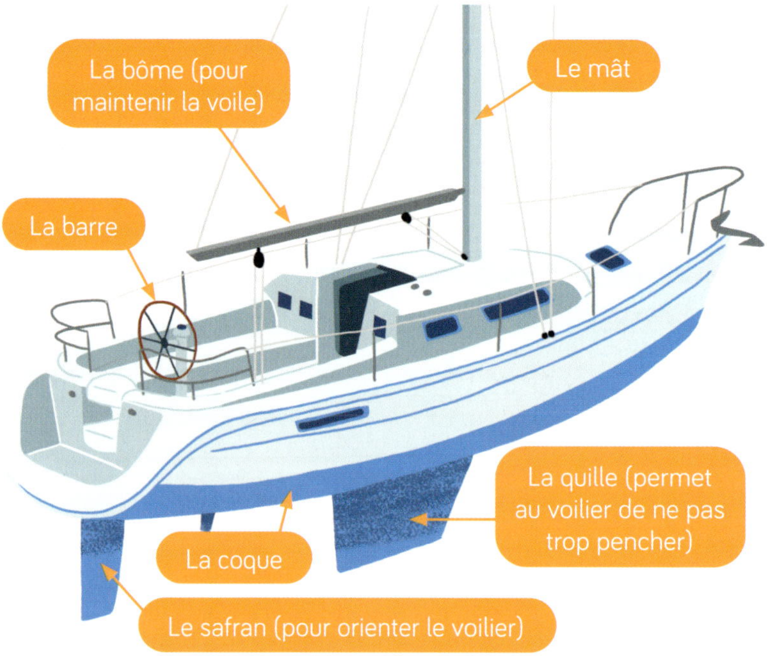

Sur un voilier, l'art du navigateur est de bien orienter son bateau par rapport au vent. La lourde quille évite au bateau de trop pencher. Les équipiers participent aux manœuvres pour hisser les voiles ou pour accoster au port.

À l'intérieur, on a tout le confort : cabine (avec le lit), cuisine, toilettes, douche. Le matériel est bien rangé pour ne pas tomber si le voilier penche !

Les bateaux de pêche

Les pêcheurs partent en mer sur des bateaux équipés de grands filets.
Sur les bateaux-usines, la campagne de pêche dure plusieurs mois.

Le capitaine a repéré un banc de poissons grâce à son radar. Les pêcheurs jettent le chalut, un immense filet qui ratisse le fond de l'océan et prend les poissons au piège.
Le poisson est déversé sur le pont avant d'être trié, lavé et rangé dans les casiers.

Sous le pont du bateau-usine, les poissons sont coupés en filets, puis rapidement congelés et stockés dans la cale.

Les péniches

Constuites pour naviguer à petite vitesse sur des eaux peu agitées, les péniches transportent du blé, du gravier, du sable, des céréales...

Autrefois, la péniche n'était pas équipée d'un moteur. Pour remonter le cours d'une rivière ou pour avancer sur le canal, on utilisait la force des chevaux. Ils tiraient ou « halaient » la péniche en marchant sur le chemin de « halage ». Le soir, ils rentraient dans l'écurie aménagée sur le bateau.

Certaines péniches étaient équipées de roues à aubes semblables à celles d'un moulin. Des chevaux piétinaient sans cesse pour faire tourner une sorte de manège auquel les roues étaient reliées. Le mouvemen du manège entraînait les roues qui, en tournant, faisaient avancer le bateau.

Les écluses

Ce sont des sortes de bassins, limités par des portes à l'avant et à l'arrière, dans lesquels on peut changer la hauteur de l'eau.

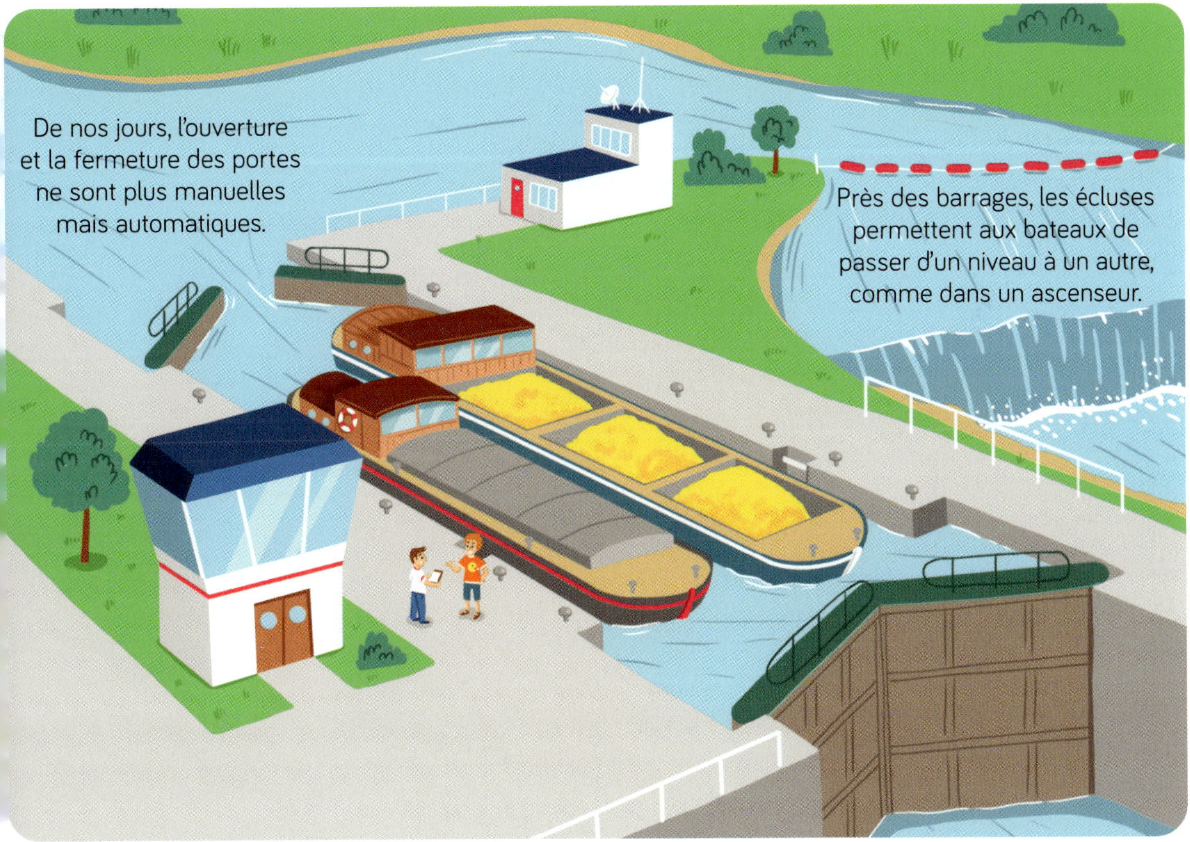

De nos jours, l'ouverture et la fermeture des portes ne sont plus manuelles mais automatiques.

Près des barrages, les écluses permettent aux bateaux de passer d'un niveau à un autre, comme dans un ascenseur.

La péniche entre dans l'écluse. Les portes arrière vont se fermer derrière elle.

Des ouvertures dans le bas des vannes permettent à l'eau de se déverser.

Lorsque l'eau du bassin est au bon niveau, les portes avant s'ouvrent et laissent sortir la péniche.

Cuirassés et frégates

Les cuirassés à la solide coque étaient des navires de guerre fortement armés, tout comme les rapides frégates d'aujourd'hui.

Dreadnought, 1906
Grande-Bretagne

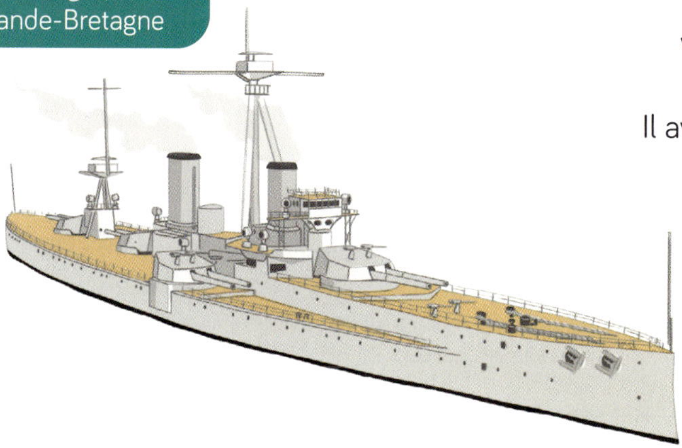

Le nom de ce cuirassé, *Dreadnought*, veut dire « Invulnérable ». C'était l'un des premiers cuirassés performants. Il avait cinq tourelles armées de canons.

Lors de la Seconde Guerre mondiale, le cuirassé allemand *Bismarck* fut coulé par l'aviation et la marine anglaises alors qu'il attaquait un navire en plein océan Atlantique.

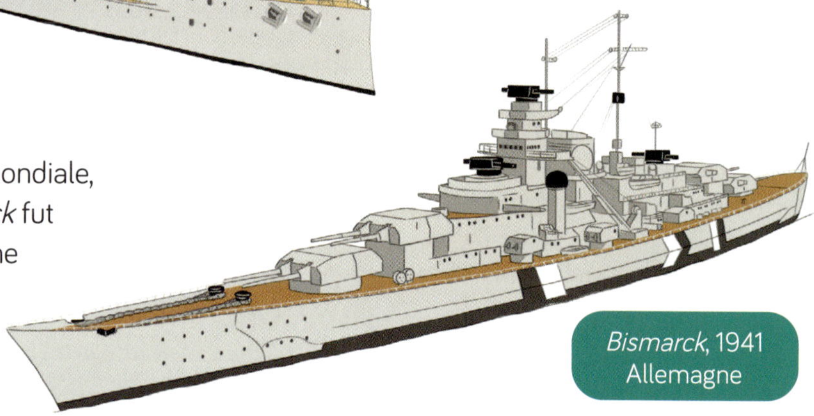

Bismarck, 1941
Allemagne

Les frégates sont équipées de missiles et d'anti-missiles. Elles protègent les bateaux qui naviguent à proximité.

Le porte-avions

Ce navire de guerre ressemble à un aéroport. Des avions de combat ou encore des hélicoptères y décollent ou bien y atterrissent.

Certains avions, équipés de radars, partent pour des missions de surveillance. D'autres sont équipés de bombes ou de missiles.

Les sous-marins

Les premiers sous-marins plongeaient à faible profondeur. Le défi était de se déplacer et de rester le plus longtemps possible sous l'eau.

1690, la cloche de Halley

Munis d'un casque relié à un tuyau, les plongeurs pouvaient quitter cette cloche de bois recouverte de plomb.

1775, la *Tortue* de David Bushnell

Pour faire avancer la *Tortue*, faite de bois, le pilote tournait une manivelle qui actionnait une hélice.

1888, le *Gymnote*

Premier sous-marin moderne, avec cinq hommes à bord, il se déplaçait sous l'eau à une vitesse constante.

1953, le *Trieste*

Ce petit sous-marin, le *Trieste*, a longtemps détenu le record de plongée : 10 916 m de profondeur.

Pour faire plonger un sous-marin, on l'alourdit en remplissant d'eau ses ballasts, qui sont des compartiments. Pour le faire remonter, on le rend plus léger en rejetant l'eau.

Premier sous-marin nucléaire, le *Nautilus* pouvait rester immergé plusieurs semaines.

Les scientifiques qui prennent place à bord du *Nautile* manœuvrent des pinces pour prélever des échantillons.

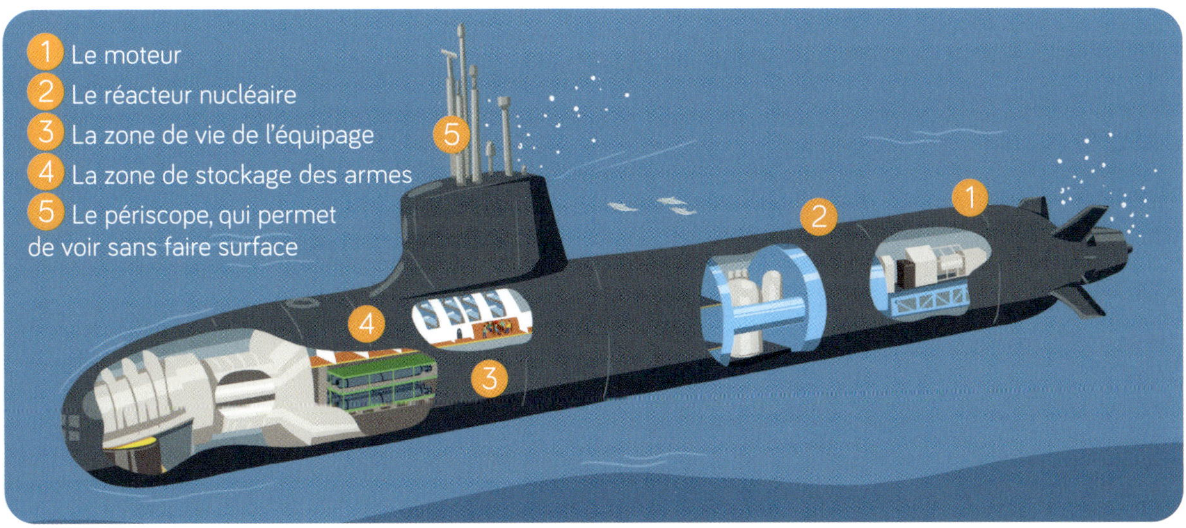

Le sous-marin nucléaire est un bâtiment de guerre, équipé de missiles. Discret, il peut rester plusieurs mois en plongée. Il observe les bateaux et sous-marins étrangers qui pourraient devenir menaçants en cas de conflit.

Des bateaux futuristes

De nouvelles technologies permettent de faire appel aux énergies renouvelables pour concevoir des bateaux rapides et plus silencieux.

Energy Observer est un navire laboratoire : les chercheurs y testent l'utilisation de trois énergies : l'hydrolien (l'hydrogène est produit à partir de l'eau de mer), le solaire (énergie du soleil), l'éolien (énergie du vent).

Ce yacht de luxe fonctionne à l'hydrogène : il est silencieux et n'émet pas de gaz à effet de serre. Sa ligne lui évite d'être ralenti par les vents marins.

LES TRANSPORTS AÉRIENS

Les premiers avions

Les premiers pilotes ont réalisé des exploits à bord de leurs avions, parfois au péril de leur vie, sur de petites puis sur de longues distances.

En 1909, Blériot survola la Manche, de la France à l'Angleterre, dans un avion qu'il avait conçu lui-même.

En 1927, Lindbergh traversa l'Atlantique en solitaire, reliant New York à Paris en 33 heures.

Jean Mermoz

Les pilotes de l'Aéropostale, comme Jean Mermoz, ont transporté le courrier aux quatre coins du monde. En réalisant ces longs vols, ils ont fait faire d'énormes progrès à l'aviation.

Les premiers avions de ligne

Les compagnies d'aviation américaines ont construit des avions à hélices, entièrement en métal, pouvant voler sur de longs trajets.

En 1933, le *Boeing 247* décolla pour son premier vol au-dessus des États-Unis avec 10 passagers à bord. Il atteignait les 300 km/h.

Le premier *DC3* vola en 1936. Il pouvait transporter 30 passagers.

En 1938, les ingénieurs du *Boeing 307* ont conçu un avion capable de voler à haute altitude. Un mécanicien secondait le pilote.

Après 1945, la compagnie Lockheed mit en service le *Constellation*. Quelques années plus tard, en 1957, il établira un record en restant en vol plus de 23 heures !

Un grand avion de ligne

À l'aéroport, le travail de centaines de personnes est organisé pour que l'embarquement des passagers et de leurs bagages se fasse vite.

Les hôtesses et les stewards assurent le service des repas et veillent à la sécurité des passagers.

Quand l'avion a été nettoyé, contrôlé, et que le plein de kérosène a été fait, l'équipage et les voyageurs prennent place. Le pilote attend que la tour de contrôle lui donne l'ordre de décoller.

Le commandant de bord lit sur les cadrans les informations concernant le vol et la position de l'avion.

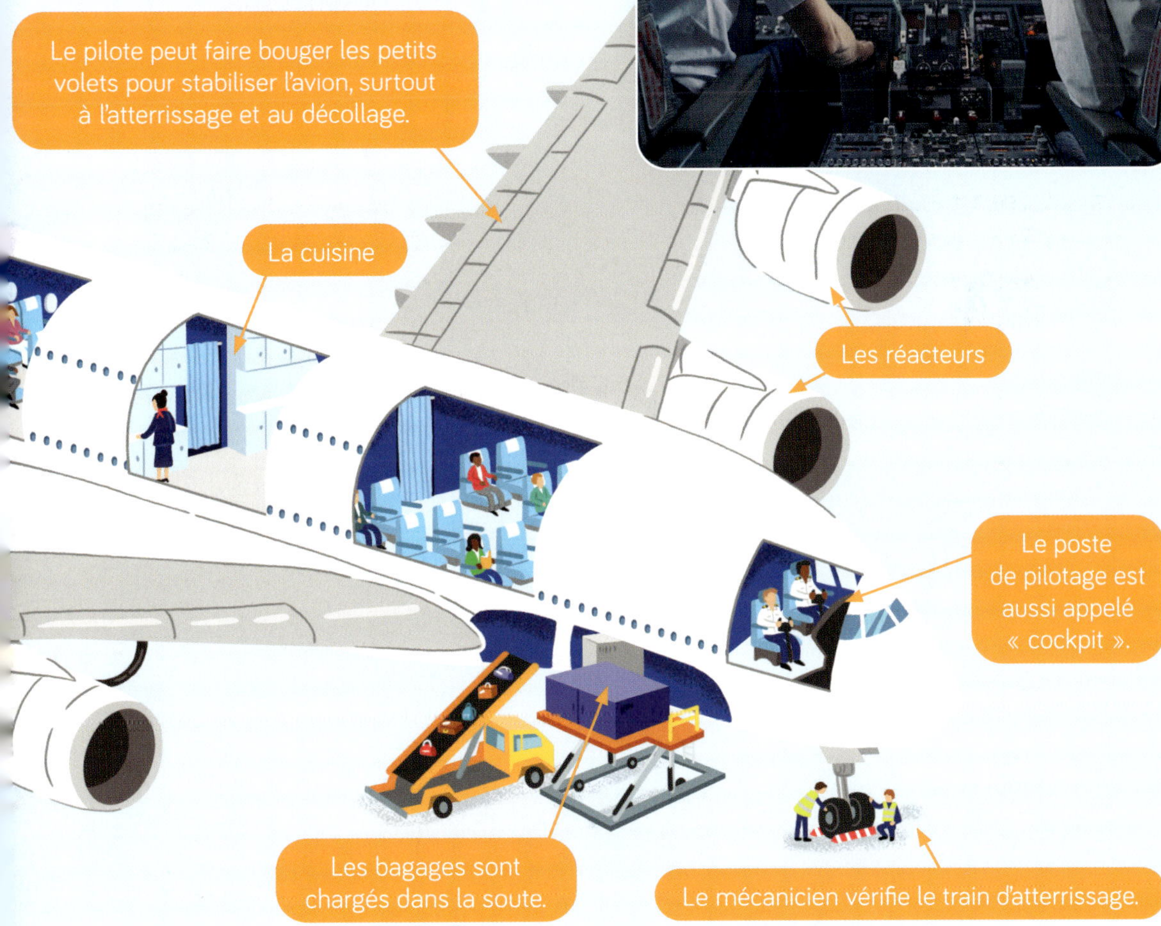

Les avions à réaction

Leurs moteurs ont remplacé les hélices des premiers avions. Ils vont toujours plus vite et plus haut, transportant les passagers sur de très longs trajets.

Le *Comet* anglais fit son premier vol avec passagers en 1952. Il volait deux fois plus vite que les avions à hélices et offrait beaucoup plus de confort.

En 1958, la *Caravelle* française fut mise en service. Elle avait deux réacteurs placés à l'arrière et non dans les ailes comme le *Comet*.

En service depuis 1995, le *Boeing 777*, confortable et spacieux, parcourt 10 000 km sans escale.

Depuis 2005, l'*Airbus A380* est le plus gros avion commercial du monde. Il peut transporter jusqu'à 800 passagers, installés sur deux niveaux. Son autonomie est de 15 000 km.

Le Concorde

Construit par la France et l'Angleterre, le *Concorde* était l'avion de ligne le plus rapide. Aucun avion d'aujourd'hui ne peut voler aussi vite.

L'aile delta du *Concorde* ressemblait à une longue flèche très fine. Elle assurait une parfaite stabilité au décollage et à l'atterrissage.

Le *Concorde* était un avion supersonique : sa vitesse atteignait deux fois la vitesse du son. Il parcourait le trajet Paris-New York en 3 heures.

Le nez du *Concorde* pouvait s'abaisser avant le décollage et pendant l'atterrissage. Ainsi, l'équipage avait une meilleure vision de la piste.

Les avions de guerre

Pendant la Première Guerre mondiale, les pilotes ont des missions d'observation. En 1939-1945, les bombardiers ont un rôle décisif !

Dès le début de la Première Guerre mondiale, on transforme les premiers avions pour qu'ils s'engagent dans des combats aériens, de jour comme de nuit. À bord du *Voisin III*, le tireur se plaçait au-dessus du pilote.

Pendant la Seconde Guerre mondiale, les bombardiers lourds transportaient plus de 6 000 tonnes de bombes, chargées dans les soutes. L'*Avro 683 Lancaster* a participé à de nombreuses attaques de nuit.

Si un avion de chasse prend feu, le pilote s'éjecte grâce aux fusées présentes sous son siège. Il actionne ensuite un parachute !

Le *Rafale* est un avion de chasse équipé d'armes sophistiquées. Il est capable d'intervenir dans l'espace aérien. Il est aussi utile pour surveiller et partir en reconnaissance. On l'embarque parfois sur un porte-avions.

Le *Northrop B-2 Spirit* est un avion bombardier américain. On le dit « furtif » car les matériaux qui le recouvrent absorbent les ondes radars des ennemis. On ne peut donc pas détecter son passage !

Quelques avions particuliers

Il existe des avions spéciaux pour éteindre les incendies, secourir les bateaux ou encore pour transporter de très lourds chargements.

L'avion-sauveteur est équipé d'un radar pouvant capter les signaux émis par un bateau en difficulté.

Le *Canadair* a rempli ses réservoirs en rasant l'eau, puis il la déverse au-dessus des flammes.

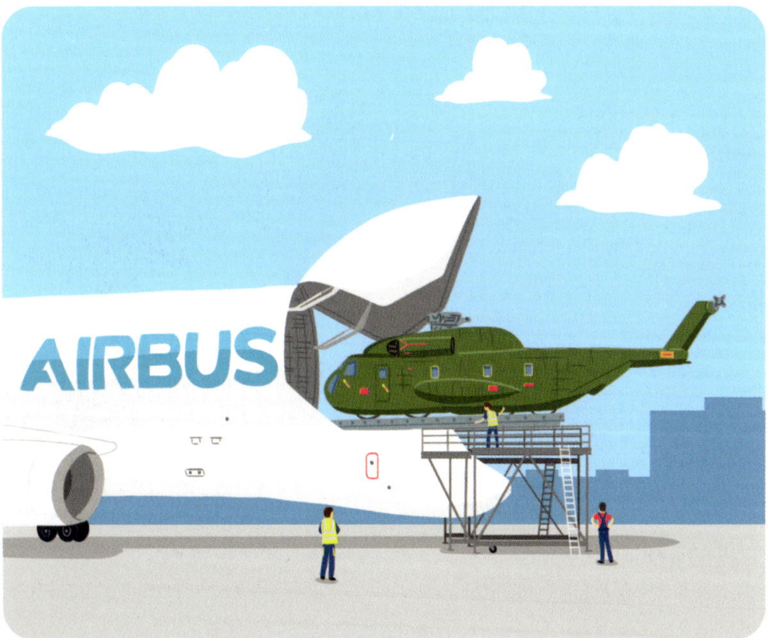

Cet avion-cargo peut transporter des tonnes et des tonnes de marchandises sur des milliers de kilomètres ! La zone de chargement s'ouvre au-dessus de la cabine de pilotage. On y fait monter des voitures, d'immenses conteneurs et même des tronçons d'avion ou de fusée.

Des ballons dans le ciel

Une montgolfière est un énorme ballon avec à sa base des brûleurs qui réchauffent l'air qu'il contient, pour le rendre plus léger.

Un mouton, un canard et un coq ont été les premiers à bord. Les montgolfières permettent toujours de s'envoler pour découvrir de merveilleux paysages.

Giffard inventa le premier ballon dirigeable propulsé par une hélice et équipé d'un moteur à vapeur.

Entre les deux guerres mondiales, le *Zeppelin*, gonflé à l'hydrogène, survolait l'Atlantique avec 72 passagers.

Les hydravions

Ces avions flottants ne peuvent pas couler. Leurs flotteurs leur permettent de se poser sur un plan d'eau et de décoller à nouveau.

Dornier Do-X

En 1930, un hydravion géant allemand a décollé pour rejoindre New York, avec plusieurs escales. Ce type d'avion était cher et rencontrait beaucoup de problèmes techniques. Il a disparu avec l'essor des avions de ligne.

Au Canada, certaines maisons sont construites au bord d'un lac, au milieu des forêts. Comme les routes n'arrivent pas jusqu'aux lacs, les habitants n'utilisent pas de voitures, mais disposent de petits hydravions. Un pont d'accostage permet de garer l'appareil tout près de la maison.

L’hélicoptère

Son hélice lui permet de décoller à la verticale, sans piste d’envol. Très maniable, il peut se poser sur des zones inaccessibles aux avions.

En 1939, le Russe Igor Sikorsky inventa le premier hélicoptère vraiment dirigeable. Il était lui-même aux commandes quand l’appareil s’éleva de quelques mètres. En quelques années, Sikorsky fera évoluer son invention.

L’hélicoptère bombardier d’eau pompe des quantités d’eau dans un lac et part éteindre les feux de forêt.

Les militaires utilisent cet hélicoptère pour des missions de repérage ou de sauvetage.

Navettes et fusées

La fusée ne servant qu'une seule fois, les Américains avaient conçu une navette qui revenait sur Terre après chaque mission.

En 2011, la dernière navette, *Atlantis*, s'est amarrée à la Station Spatiale Internationale, avec quatre astronautes à bord. Elle apportait les équipements et des pièces détachées pour agrandir ou entretenir la Station.

Ariane VI est le nouveau modèle de fusée européenne de la famille Ariane. Le 9 juillet 2024, elle a décollé depuis Kourou, en Guyane. Un peu plus d'une heure plus tard, elle a mis en orbite les huit satellites embarqués.

JEUX

Les pages qui suivent te permettent de tester tes connaissances en t'amusant.

Où vont-ils se poser ?

Après avoir volé dans le ciel, ils reviennent se poser... mais où ?
Associe chaque engin à son point d'atterrissage !

Réponses : 1C (*Concorde*, sur la piste de l'aéroport) / 2D (hydravion, sur l'eau) / 3A (montgolfière, dans un pré) / 4B (avion de chasse, sur le porte-avions).

Qu'est-ce que c'est ?

Ces bateaux remplissent différentes missions. Relie leur image à la bonne définition, et trouve leur nom !

1 Il brise la glace et ouvre ainsi le passage aux autres bateaux. C'est…

2 Il embarque les passagers et leurs véhicules (voitures, motos, vélos…). C'est…

3 Il lance un large filet, appelé chalut, pour attraper les poissons. C'est…

4 Avec son lourd chargement, elle passe les écluses. C'est…

A

B

C

D

Réponses : 1C (le brise-glace) / 2B (le car-ferry) / 3D (le bateau de pêche ou chalutier) / 4A (la péniche).

Drôle de circuit !

Sur ce circuit circulent des engins d'hier et d'aujourd'hui… sans pilotes !
À toi de les retrouver parmi les images en bas de page !

Réponses : 1E (conducteur de scooter des neiges) / 2D (motard de la police nationale) / 3A (pilote de grand prix automobile en 1906) / 4C (cycliste sur un VTT) / 5B (pompier dans son véhicule de secours).

Crédits photographiques

Couverture : iStock et Shutterstock. **Page 8 :** Voiture de Charles Brady King (1896) © Detroit Public Library ; Voiture *Benz Patent-Motorwagen* © Mercedes-Benz ; Louis Renault sur sa *Type A* (1899) © Histoire de Renault. **Page 9 :** *Ford T* © DR ; Citroën *Traction Avant* © DR ; *Coccinelle* © DR ; *Quatre-Chevaux* © Wikimedia Commons ; *DS 19* © DR. **Page 10 :** Voiture de Ray Harroun © Indianapolis Motor Speedway. **Page 11 :** *Golf* © Volkswagen AG ; *Twingo* © Shutterstock. **Page 12 :** Bus touristique © Shutterstock. **Page 13 :** *Daimler Motor-Lastwagen* © Tekniska museet / Wikimedia Commons ; *Ford Transit* © DR. **Page 15 :** Véhicule de secours © Shutterstock ; Borne d'incendie © iStock ; Grande échelle © Shutterstock. **Page 17 :** Train à vapeur américain © iStock ; Locomotive « Big Boy » © Shutterstock. **Page 19 :** *Shinkansen* © iStock. **Page 20 :** TGV © iStock ; Pantographe © Shutterstock. **Page 21 :** L'*Orient-Express* © Look and Learn / Bridgeman Images ; Restaurant © Katie Garrod / John Warburton-Lee / Photononstop ; Salon © Heritage Images / Bridgeman Images. **Page 22 :** Train à crémaillère Pilatus © Shutterstock ; Train de la Sierra © iStock ; Transsibérien © iStock. **Page 24 :** Métro © Mary Evans Picture Library / Photononstop ; VAL © Franck Dunouau / Photononstop. **Page 25 :** Tramway hippomobile © PVDE / Bridgeman Images ; Tramway à vapeur © Bridgeman Images ; Tramway de Rouen (vers 1900) © Wikimedia Commons ; Tramway de Bordeaux © Shutterstock. **Page 26 :** *Maglev* © iStock. **Page 27 :** Grand bi © iStock ; Fils de John Dunlop sur le premier vélo à pneus gonflables © Lebrecht History / Bridgeman Images ; Dérailleur © iStock. **Page 28 :** Jeune fille sur un vélo © Shutterstock ; VTT © iStock ; Batterie de vélo © iStock. **Page 29 :** Course de grand bi (1888) © Photo12 / Alamy / Historic Collection ; Femmes participant à une course (1868) © *Le Monde illustré* ; Départ de la course cycliste Paris-Brest-Paris (1891) © PVDE / Bridgeman Images. **Page 30 :** Tour de France 1903 © Photo12 / Alamy / The Picture Art Collection ; Vélo de Maurice Garin © Wikimedia Commons. **Page 31 :** *Daimler-Reitwagen* © Shutterstock ; *BMW R100* (1976) © Photo12 / Alamy / Jeff Gilbert ; *Ducati Panigale V4* © DR. **Page 32 :** Motards © Shutterstock ; Convoi officiel à Paris (2015) © Jacques Loïc / Photononstop. **Page 33 :** Motocross © iStock ; Dragster © Shutterstock ; Circuit de Grand Prix © Shutterstock ; Trial © iStock. **Page 34 :** Scooter des neiges © iStock. **Page 42 :** Clipper © Shutterstock. **Page 43 :** Bateau à aubes © iStock. **Page 45 :** Cabine © Shutterstock. **Page 46 :** Pétrolier © Shutterstock ; Porte-conteneurs © iStock. **Page 47 :** Car-ferry © iStock ; Pont d'un car-ferry © Shutterstock. **Page 48 :** *La Jeannette* © Illustrated London News Ltd / Mary Evans Picture Library / Photononstop ; Brise-glace © Shutterstock. **Page 49 :** Trimaran © Shutterstock. **Page 50 :** Intérieur d'un voilier © iStock. **Page 52 :** Canal de la Marne au Rhin (1930) © Lux-in-Fine / Bridgeman Images. **Page 54 :** Frégate *Vendémiaire* © Photo12 / Alamy / Ryan Fletcher. **Page 56 :** *Trieste* © Wikimedia Commons. **Page 57 :** *Nautilus* © Wikimedia Commons ; Vue sous-marine du *Nautile* © Lacoupelle Éric (2003) / Ifremer. **Page 58 :** *Energy Observer* © Shutterstock ; Yacht de luxe © DR. **Page 60 :** Louis Blériot à bord du *Blériot XI* © Tallandier / Bridgeman Images ; Lindbergh et son avion © Underwood Archives / UIG / Bridgeman Images ; Jean Mermoz © Wikimedia Commons. **Page 62 :** Hôtesse de l'air © iStock. **Page 63 :** Commandant de bord © Shutterstock. **Page 65 :** *Concorde* © Shutterstock. **Page 66 :** Biplan *Voisin* © Wikimedia Commons ; Bombardier *Avro Lancaster* © Wikimedia Commons ; Bombe © Wikimedia Commons. **Page 67 :** *Rafale* © iStock ; *Northrop B-2 Spirit* © Wikimedia Commons. **Page 68 :** *Canadair* © Shutterstock. **Page 69 :** Montgolfière © iStock ; *Lz-127 Graf Zeppelin* (vers 1935) © Past Pix / SSPL / UIG / Bridgeman Images. **Page 70 :** Hydravion *Dornier Do X* au-dessus du lac de Constance (1930) © SZ Photo / Scherl / Bridgeman Images ; Pont d'accostage © iStock. **Page 71 :** Sikorsky et son hélicoptère *VS-300* (1939) © Granger / Bridgeman Images ; Hélicoptère bombardier d'eau © Shutterstock. **Page 72 :** Navette *Atlantis* au-dessus des Bahamas © NASA ; *Ariane VI* © ESA–L. Bourgeon. **Page 73 :** Montgolfière © iStock. **Page 74 :** *Concorde* © Shutterstock ; Hydravion © iStock ; Montgolfière © iStock ; Rafale © iStock ; Pré © iStock ; Porte-avions © Shutterstock ; Piste d'atterrissage © iStock ; Lac © iStock. **Page 75 :** Car-ferry © iStock ; Brise-glace © Shutterstock.